Die Fahrt ins Land der tausend Türme

Tatsachenbericht

Von Eric van de Weide

Verlag: BoD · Books on Demand GmbH,
In de Tarpen 42, 22848 Norderstedt
Druck: Libri Plureos GmbH, Friedensallee 273,
22763 Hamburg

ISBN: 978-3-7693-0386-5

In 4 Wochen vom Westen nach Sibirien.

Tatsachenbericht eines Soldaten Angehöriger des 4.
Artillerie Regiments, 4. Luftwaffen Feld Division
L.G.P.A.= Luftgau Postamt Posen L 18004

In russischer Gefangenschaft geraten wir im Juni 1944.

Unaufhörlich fraß sich der D-Zug Nr. 38789 von Berlin nach Warschau in das Landesinnere hinein, immer weiter Richtung Osten. Durch ein kleines Fenster im Waggon konnte ich die vorbeiziehende Landschaft bestaunen.

Wir fuhren an einem Flussbett entlang, an dessen Ufern sich kleine Dörfer erstreckten, in denen auffallend schöne architektonisch beeindruckende Gebäude wie Kirchen, Schlösser und Burgen zu sehen waren. Etwas weiter sah ich, wie Bauern ihr Vieh auf die Weide trieben - genau wie bei uns in Deutschland, dachte ich. So friedlich und fürsorglich gingen sie mit ihren Tieren um. Das Leben wirkte hier idyllisch und harmonisch.

Ein Stück weiter erstreckten sich endlose Felder, übersät mit leuchtend gelben Rapsblüten und strahlendem Löwenzahn, wie ein goldenes Meer, das bis zum Horizont reichte. Die Weite der blühenden Landschaft wirkte unendlich, so lebendig und fruchtbar, dass sie in ihrem Glanz fast surreal erschien. Doch trotz dieser Schönheit, die uns umgab, konnte ich den Gedanken nicht verdrängen: Nur wenige Kilometer entfernt lag das Grauen, das man sich inmitten einer solchen friedlichen Szenerie kaum vorstellen konnte. Der unsinnige furchtbare Krieg.

Nur verrückte erwachsene Menschen konnten so etwas Schönes zerstören.

Ich kehrte von einem Sonder-Urlaub den ich im Mai 1944 hatte, von Deutschland wieder an die Ostfront zurück. In Richtung Wizebsk über Minsk erreichte ich am 06.06.1944 den Eisenbahnknotenpunkt Orscha.

Dort warteten bereits hunderte von Soldaten auf ihren Einsatz. Niemand wusste, wohin wir geschickt werden würden oder was uns erwarten würde. In einigen Gesichtern konnte ich die Angst deutlich erkennen. Die Ungewissheit lag schwer in der Luft, doch jeder versuchte, diese Gefühle für sich zu behalten.

Ich setzte mich im Schatten eines Baumes nieder und wartete auf den ersehnten Befehl. Um die nervenzehrende Zeit zu überbrücken, zog ich ein Stück Papier hervor und begann, ein paar Zeilen zu schreiben. Der Brief, den ich an meine Ehefrau richtete, sollte vermutlich meine letzten Worte von der Ostfront enthalten. Niemand konnte sicher sein, ob die Post per Flugzeug überhaupt noch ankommen würde, denn die Lage verschlechterte sich zusehends. Die Partisanen kamen immer näher, und wir wussten, dass wir bald zum Einsatz gerufen würden.

Am späten Abend kam schließlich der Befehl:
Wir wurden in die engen Güterwaggons eines Zuges
verladen, der uns direkt an die Front bringen sollte.
Einige der Soldaten zögerten, sich mit ihren Kameraden
in die stickigen und überfüllten Waggons zu drängen. Sie
weigerten sich, doch ein Offizier machte kurzen Prozess.
Mit harter Hand zwang er die Männer, in die
vorgesehenen Waggons zu steigen. Eine Befehlsver-
weigerung kam zu diesem Zeitpunkt nicht in Frage – sie
hätte verheerende Konsequenzen gehabt. Während der
Zug sich in Bewegung setzte, Richtung Frontstadt
Wizebsk, wurde uns allen bewusst, dass dies vielleicht die
letzte Fahrt unseres Lebens sein könnte. Die düsteren
Gedanken und die klaustrophobische Enge machten
die Situation unerträglich. Durch die Hitze und Enge im
Zug, verstärkt durch die Körperwärme der dicht
gedrängten Soldaten, traten bei vielen von uns
unangenehme Schweißausbrüche auf. Einige litten unter
starkem Husten, genauer gesagt einer schweren
Bronchitis von zähem Auswurf, sodass die
Ansteckungsgefahr durch Bakterien extrem hoch war. Um
die bedrückende Situation etwas erträglicher zu gestalten,
begannen einige Soldaten zu singen.

Einer von ihnen holte eine Gitarre hervor, ein anderer zauberte eine Mundharmonika aus seiner Tasche, und gemeinsam spielten sie alte wunderschöne Heimatlieder. Damit unsere Tränen in der Dunkelheit verborgen blieben, sangen wir laut mit. Der Gesang war so kräftig, dass die Kameraden im benachbarten Waggon ihn hörten und ebenfalls einstimmten. Trotz der lauten Musik und des Gesangs waren einige so erschöpft, dass sie langsam in den Schlaf sanken. Gegen 1 Uhr morgens erreichten wir schließlich Wizebsk, dort erwartete uns unerwarteterweise die Feldgendarmerie der deutschen Wehrmacht.

Noch verschlafen und benommen vom langen Transport, stiegen wir mühsam und einzeln aus dem Zug. Ein hochgewachsener, schlanker und muskulöser Offizier Namens Hoffmann trat auf uns zu und befahl, uns in Zweierreihen aufzustellen. Ein weiterer Offizier erklärte uns, dass wir nach Wizebsk gebracht wurden, um an einer speziellen Ausbildung an der Divisionskampfschule teilzunehmen. Kaum hatten wir unsere provisorische Unterkunft bezogen, ertönte schon der Alarm. Wir mussten uns schnell nur mit unserer Gefechtsausrüstung bereit machen, alles andere blieb zurück.

Mehrere Lastwagen wurden rasch mit Waffen und Lebensmittel beladen. Acht davon brachten Soldaten zu den vordersten Linien, um die dort kämpfenden Einheiten zu verstärken. Unter den Soldaten machte sich eine spürbare Unruhe breit, Unstimmigkeiten und Ratlosigkeit dominierten die Gespräche. Niemand wusste genau, was uns dort erwartete. Ich beobachtete ein Gespräch zwischen zwei Offiziere, dass wir nicht mehr zu den Truppeneinheiten zurückkönnen. Es hieß, dass wir unseren Kameraden zur Seite stehen sollten, doch davon war zuvor nie die Rede gewesen. Wir mussten diesen Befehlen folgen.

Am Morgen des 08.06.1944, gegen 0.30 Uhr, setzte an der gesamten Frontlinie der Russen ein schweres Artilleriefeuer ein. Nun hatten die Russen ihre

alles entscheidende Sommeroffensive gestartet, deren katastrophale Folgen für uns noch unvorstellbar waren. Die Schlacht, die fünf Tage andauern sollte, begann.

Mit Artillerie, Stalin–Orgeln, Schlachtflugzeuge vom TypIL2, Panzerverbänden und massiven Infanterieeinheiten drängten uns die Russen, unter schweren Verlusten auf beiden Seiten, in die rückwärtigen Stellungen zurück.

Da die Stadt Witebsk als strategischer Brückenkopf galt, versuchten die Russen, den Frontabschnitt an der schmalsten Stelle zu durchbrechen, um uns einzukesseln. Wir setzten alles, wirklich alles, um dies zu verhindern. Doch am Morgen des 09.06.1944 hatten die Russen es bereits geschafft, die Linie zu durchbrechen und uns einzuschließen. Der Ring um uns zog sich immer enger zusammen. Die Angst wuchs. Mit dem sicheren Tod vor Augen kämpften wir bis zur letzten Patrone, um
doch noch irgendwie aus der Umklammerung
zu entkommen. Tag und Nacht, ohne Schlaf, kämpfen bis zur Erschöpfung. Doch Hilfe von außen blieb aus, besonders die versprochene Luftunterstützung fehlte.
Der Kessel wurde immer enger. Ich war bereits von meiner Einheit abgeschnitten, alles geriet ins Chaos. Einige Kameraden, von Angst ergriffen, sprachen
sogar davon, sich das Leben zu nehmen, um der russischen Gefangenschaft zu entgehen. Als ich das hörte, beschloss ich, auf eigene Faust aus dem Ring auszubrechen. Mir das Leben zu nehmen, kam für
mich nicht in Frage. Was hatte ich schon zu verlieren? Ich fasste all meinen Mut und versuchte, mich Deckung suchend, sowohl tagsüber als auch nachts, dem mörderischen Feuer der Artillerie und Stahlorgeln zu entziehen und dem Kessel zu entkommen.

Gegen Abend bemerkte ich in der Ferne einige Lichter und ging darauf zu. Es stelle sich heraus, dass es die Straßenlaternen eines kleinen Dorfes waren.

Die Fenster der Häuser waren mit Decken verdunkelt, um keine Aufmerksamkeit zu erregen. Ich näherte mich einem kleinen Haus, das hinter einer Mauer mit vielen Bäumen und Sträuchern versteckt war fast wie

ein verwunschenes Märchenhaus. Vorsichtig klopfte ich an die bunt bemalte Bleiglashaustür. Es dauerte eine Weile, bis ich Schritte hörte und sich die Tür langsam öffnete. Ein ängstlicher kleiner Junge in durchlöcherte Unterhose mit einer Scheibe Brot im Mund

stand plötzlich vor mir und schaute mich erstaunt an. Kurz darauf trat ein kräftiger Mann hervor, er trug ein enges verschmutztes Unterhemd. Seine muskulösen Arme, durchzogen von hervortretenden Adern, verrieten harte körperlich Arbeit. Er fragte mich nach meinem Namen und was ich hier wollte. Ich stellte mich

vor und bat höflich um eine Unterkunft. Zu meiner Erleichterung empfing mich die Bauernfamilie herzlich, und ich bekam etwas zu essen und zu trinken. Sie waren sehr freundlich zu mir. Sie boten mir an, in einer Scheune zu übernachten, zwischen Ziegen und Schafen.

Dankbar legte ich mich ins frisch duftende Heu und schlief sofort ein.

Am nächsten Morgen weckten mich das Krähen des Hahns und das Gegacker der Hühner. Am liebsten wäre ich liegen geblieben, denn es war so angenehm im warmen, gemütlichen Heu. Doch ich musste weiter. Die Bäuerin gab mir ein Wurstbrot und etwas zu trinken mit auf dem Weg – für den Fall, dass ich unterwegs Hunger bekam. Dankbar verabschiedete ich mich und machte mich auf den Weg, die Landstraße entlang. Rechts und links am Straßenrand wuchsen wunderschöne Blumen: blaue Kornblumen, roter Klatschmohn, weißgelbe Kamillenblüten und viele andere. Nichts an diesem Anblick erinnerte daran, dass hier ein verheerender Krieg tobte. Nach einigen Stunden erreichte ich eine Kleinstadt, in der deutsche Soldaten einquartiert waren.

Ich setzte mich zu einer Gruppe und erzählte ihnen, was mir alles passiert war – von der freundlichen Bauernfamilie, die mich übernachten ließ, bis hin zu den blühenden Blumen am Straßenrand. In einem späteren Gespräch erzählte ich von meinem Plan, mich dem Kessel zu entziehen. Die Kameraden rieten mir, diesen Plan noch einmal zu überdenken, da es viel zu gefährlich sei, alleine zu handeln.

Doch der Gedanke ließ mich nicht mehr los. Was hatte ich schon zu verlieren? In der Dunkelheit wagte ich schließlich den Schritt. Verzweifelt und des sicheren Todes gewiss und von den Russen immer mehr auf engstem Raum zusammen gedrängt, kehrte ich wieder in den dichten Tannenwald zurück. Nach einer ruhigen Nacht erreichte ich den Fluss Düna, wo mein nächstes Ziel wartete. In gebückter Haltung und auf leisen Sohlen schlich ich, gepeinigt von brennenden Brennnesseln und distelartigen Sträuchern, am Ufer entlang. Dabei hielt ich ständig Ausschau, ob auf der anderen Seite russische Soldaten lagerten. Doch ich hatte Glück: Von der gegenüberliegenden Flussseite waren keine Geräusche zu hören, keine Bewegungen zu sehen, nur die Baumspitzen, die sich sanft im Wind hin und her wiegten. Man sah keine Soldaten. Mit einem Gefühl der Todesverachtung entschloss ich mich, die Düna zu überqueren, die etwa so breit war wie der Rhein in Deutschland. Ich entdeckte einen umgestürzten Baumstamm und klammerte mich daran, um den Fluss zu durchqueren – trotz meiner vollen Ausrüstung. Die Strömung war stark, und ich hatte panische Angst, dass ich den Halt verlieren könnte. Mehrmals drohte ich, abgetrieben zu werden. Die Beine fest um den Baumstamm geklemmt, kämpfte ich mich Meter für Meter voran.

Die Schmerzen in meinen Beinen und die Wadenkrämpfe
waren unerträglich, und zusätzlich quälten mich
Schwärme von Wassermücken.Schließlich, nach einigen
quälenden Minuten, die sich wie Stunden anfühlten,
erreichte ich das andere Ufer, paddelnd mit meinem
Karabiner, um mich vorwärtszutreiben. Kaum hatte ich
das Ufer erreicht, rief ein deutscher Wachposten:
"Halt,wer da!"Erschöpft und durchnässt rief ich um Hilfe,
und die Soldaten halfen mir aus dem Wasser. Ich wurde
sofort zum Divisionsstab gebracht, der seine Unterkunft
an den Uferböschungen errichtet hat. Dort stellte mich ein
Leutnant zur Rede und fragte nach meiner Herkunft.
Ich gab meinen Namen an und berichtete, dass auf der
anderen Seite der Düna die Hölle los sei. Doch der
Leutnant glaubte mir nicht. Er bezeichnete mich als
Deserteur, da er meinen Erzählungen keinen Glauben
schenkte. Meine Aussagen reichten nicht aus, um ihn zu
überzeugen. Er befahl, einen anwesenden Soldaten mich
in ein anderes Gebäude zu begleiten. Dort wurde ich in
eine am Tag als Sauna genutzte Hütte gebracht, um meine
nassen Kleider zu trocknen und etwas Schlaf zu finden.
Übermüdet von den Strapazen des Tages legte ich mich
nackt auf die oberste Bank der Sauna und schlief sofort
ein. Der wohltuende Schlaf währte jedoch nicht lange,
denn die tobende Schlacht rückte immer näher.

Die Geräusche des Krieges weckten mich am frühen
Morgen aus meiner Erschöpfung. Es war noch warm und
gemütlich in der Sauna, doch ich wusste, dass ich weiter
musste. Also zog ich meine getrocknete Uniform an und
bereitete mich auf den weiteren Tag vor. Da ich meiner
Einheit nicht zugeführt worden war, stand ich nun ratlos
dem Ungewissen gegenüber. Nach einem kurzen Imbiss
in der Küche meldete ich mich erneut bei dem Leutnant,
der mich in der Nacht vernommen hatte. Er fragte mich,
ob ich einen LKW-Führerschein besäße. Als ich dies
bejahte, verwies er mich an den Offizier für den inneren
Dienst(I.A.). Dort wartete bereits der Oberzahlmeister auf
mich und führte mich zu einem Mulihalbkettenfahrzeug,
bei dem ein weiterer Soldat auf uns wartete.

Der Oberzahlmeister gab uns den Befehl, in die
nahegelegene Stadt Witebsk zu fahren und Verpflegung
zu holen. Zum Glück blieben wir auf der Fahrt von den
gefürchteten I1-2-Schlachtflugzeugen der Russen
verschont, und wir erreichten das Verpflegungslager ohne
Zwischenfälle. Doch das Lager war bereits mit Petroleum
übergossen, bereit, in Brand gesteckt zu werden. In den
Kellerräumen waren jedoch noch zahlreiche Lebensmittel
in Kisten und Kartons verpackt,

ebenso wie Getränke - Wodka, Schnaps, Whisky, Zigarren und Zigaretten sowie alle unversehrten Kisten mit Bananen, Äpfel und Apfelsinen. Wir mussten so schnell wie möglich alles aufladen, was noch brauchbar war. Besonders wichtig waren die Konserven mit fertigen Mahlzeiten, die für die kämpfenden Truppen von großer Bedeutung waren. Ich war mir der kritischen Lage bewusst und wusste, dass unsere Zeit bald ablaufen würde. Daher packte ich im Fahrerhaus des Mulis so viel Proviant wie möglich ein, darunter auch Drops und Zigaretten. Beim Durchsuchen des Lagers entdeckte ich noch zwei Aktentaschen, die ich mit weiteren Lebensmitteln füllte und vorne im Fahrerhaus verstaute. Mir war klar, dass jede Minute zählte. Aus Erfahrung wusste ich, dass ich die mitgenommenen Drops und Zigaretten bald brauchen würde. Bald war alles bereit für die Abfahrt, und wir konnten endlich losfahren. Niemand kümmerte sich mehr darum, was dort zurückgelassen oder abgeholt wurde. Die verbliebene Zivilbevölkerung suchte Schutz in Bunkern und Kellern vor dem Beschuss der Artillerie und Raketenwerfer. Als wir die Straße entlangfuhren, sah ich aus dem Fenster erschöpfte Landser, die links und rechts am Straßenrand lagen.

Ich warf ihnen Drops, etwas Obst, Zigaretten und
Wasserflaschen aus dem Fahrzeug zu, denn bis zu
unserem Lager war es nicht mehr weit. Im Rückspiegel
konnte ich sehen, wie die Soldaten mir dankbar
zuwinkten. Es war gegen 17.00 Uhr, als wir wieder unsere
Stellung erreichten. Dort herrschte eine auffällige Unruhe.
Ich fragte einen Unteroffizier nach dem Grund, und er
antwortete mir mit ernster Miene:"Es geht zu Ende." Alle
Anwesenden packten eilig ihr Hab und Gut, so viel sie
tragen konnten. Auch die russischen Mädchen, die noch
in einigen Feldküchen beschäftigt waren, sammelten
hastig ihre Sachen ein, Tränen liefen ihnen über die
Wangen. Sie wussten nicht, wo hin sie gehen sollten, denn
einige von Ihnen waren mit deutsche Soldaten liiert. Die
verbliebenen markierten Vorräte wurden verteilt, und das
Mittagessen sowie ein komplettes Kochgeschirr, Wein
und Wodka wurden zur letzten Stärkung ausgegeben. Da
ich meinen Proviant am Straßenrand an die Soldaten
verteilt hatte, musste ich schnell meine Aktentaschen
wieder auffüllen. Auf Befehl wurden die
Halbkettenfahrzeuge mit Munition beladen, um sie für die
Sprengung vorzubereiten. Nachdem unsere Einheit eine
sichere Entfernung erreicht hatte, wurde die Sprengung
durchgeführt.

Aus der Ferne konnte man sehen, wie Teile der Fahrzeuge durch die Luft flogen – die Motoren waren unbrauchbar gemacht worden. Ich schnappte mir meine beiden mit Lebensmittel gefüllten Aktentaschen und rannte, so schnell ich konnte, um die Truppe noch auf der Flugrollbahn zu erreichen. Die Nacht war inzwischen hereingebrochen, und ich hängte meine Taschen hinten an einen von Pferden gezogenen Trosswagen. Während ich hinter dem Trosswagen in die Nacht hinein trottete, rauchte ich abwechselnd Zigaretten und lutschte Drops, dabei überdachte ich die Lage. In der Ferne explodierten Munitionsdepots, und der Himmel war blutrot erleuchtet. Der Vorort von Witebsk stand in Flammen, das Inferno wurde immer deutlicher sichtbar. Trotz einiger Stockungen verlief die Nacht auf unserer Rollbahn relativ ruhig. Die meisten sahen trostlos vor sich hin, kaum einer wagte es, ein Wort zu sagen. Gedanken an die Heimat schienen allgegenwärtig - an die Familie, an Kinder, die zur Schule oder auf den Spielplatz gehen, oder an den Sohn, der vielleicht schon verheiratet ist. Würde man seine Familie jemals wiedersehen? Würde man seine Enkelkinder in die Arme schließen können? Wer wusste das schon? Der Morgen dämmerte bereits, und es versprach, ein heißer Tag zu werden, sowohl was die Temperatur als auch die Kämpfe betraf.

Plötzlich, wie aus dem Nichts, zischten Granaten über die Rollbahn, und der laute Ruf " Panzerangriff von hinten!"ertönte. Die von Pferden gezogenen Trosswagen wichen nach links und rechts aus, um dem Feuerhagel zu entkommen, doch die russischen Panzer feuerten Phosphorgranaten, die alles in Brand setzten. Die brennenden Wagen stürzten mit den panischen Pferden davon, doch der Tod war schneller. Das Inferno erreichte seinen Höhepunkt. Der Alarmruf und das Donnern der Geschütze holten mich in die Realität zurück. Ich rannte in Richtung eines vor mir liegenden Waldes. Dort angekommen, viel mir ein, dass ich meine beiden Aktentaschen vergessen hatte, aber es ging nun nur noch ums Überleben. Das Einzige, was ich noch hatte, war das, was ich in meine Tasche gesteckt hatte. Durch die schwache Abwehr und hohe Verluste, auch bei den schweren Waffen, drangen die Russen immer weiter vor. Nach kurzer Zeit hatte ich den Wald durchquert und stand wieder vor der Düna, die friedlich vor mir floss. Am Ufer sah ich bereits einige Kameraden, die verzweifelt versuchten, das andere Ufer zu erreichen. War es das rettende Ufer? Niemand wusste es. Die Verzweiflung wuchs. Eine koordinierte Führung der kämpfenden Truppe gab es nicht mehr – jeder versuchte, sich selbst zu retten.

Mit einem Ruderboot wurden die ständig ankommenden
Kameraden auf die andere Seite gebracht. Beim zweiten
Versuch, das Boot zu besteigen, nachdem es
zurückgekommen war, saßen wir schließlich zu fünfzehn
in einem Schlauchboot. Der Rand des Bootes schaukelte
nur wenige Zentimeter über dem Wasser. Wir schauten
uns an, und auf manchen Gesichtern liefen Schweißperlen
der Angst herunter. Dennoch verhielten sich alle ruhig, da
die Gefahr groß war, dass das Boot kentern könnte.
Erleichtern erreichten wir das andere Ufer. Wir atmeten
auf und ruhten uns zunächst aus. Besonders in Erinnerung
geblieben ist mir die Aufopferung eines russischen
Hilfswilligen, der jedes Mal hinter dem vollen Boot
herschwamm und es zurück ans Ufer brachte. Welche
Leistung! Dieser Junge hätte den Friedensnobelpreis
verdient. Ich ging die Rollbahn entlang und sah, nachdem
ich die Böschung erklommen hatte, einen unübersehbaren
Strom von Fahrzeugen in Richtung Norden. Ich
erkundigte mich und erfuhr, dass die Überquerung der
Rollbahn der einzige Weg zur nächsten Straße war. Etwas
abseits stand ein verlassener PKW am Straßenrand. Alles
war noch intakt, sodass ich beschloss, damit
weiterzufahren.

Ich schloss mich der Kolonne an, aber nach einigen
Kilometern sah ich, dass auf der Straße links unterhalb
der Rollbahn Fahrzeuge in unsere Richtung kamen.
Schnell erkannte ich, dass es unsere eigenen Soldaten
waren, und ich wusste: Wir mussten links abbiegen.
Geradeaus ging es direkt auf die russische Front zu. Es
gab Verzögerungen, da zu viele Fahrzeuge gleichzeitig in
dieselbe Richtung fuhren. Wieder um eine Hoffnung
ärmer, verließ ich den Pkw und setze meinen Weg zu Fuß
fort, um schneller voranzukommen. Die Sonne brannte
unbarmherzig an jenem Tag über dem Schlachtfeld des
Kessels von Witebsk. Durch die starke Hitze benötigte ich
mehr Flüssigkeit, und mein Wasservorrat ging langsam
zur Neige. Ich hielt Ausschau, ob in der Nähe ein Fluss
oder Bachbett war, um meine Wasserflasche aufzufüllen.
Glücklicherweise entdeckte ich mitten in einem Maisfeld
einen Brunnen. Vorsichtig blickte ich mich um, ob
vielleicht Soldaten in der Nähe waren, doch es schien
alles ruhig zu sein. So konnte ich meine Flasche ungestört
mit frischem Wasser füllen. Mit schweren Schritten setzte
ich meinen Weg nach Westen fort, verlassen von der
Führung und der einst so stolzen Luftwaffe. Die Hitze des
Tages war erdrückend, und bald war meine Wasserflasche
wieder leer. Am Wegesrand entdeckte ich einige
Sträucher mit Beeren.

Ich kannte diese Beeren nicht, aber der Hunger und der
Durst ließen mich unvorsichtig werden. Mit einem
Stofffetzen, den ich bei einem Deport erbeutet hatte und
der einst Teil eines Geschirrtuchs war, reinigte ich die
Beeren notdürftig. Sie schmeckten überraschend gut, und
zumindest für den Moment war mein Durst gelöscht.

Nach einigen Stunden stieß ich auf einen ausgetrockneten
Bach, in dessen Mitte noch eine kleine Quelle sprudelte.
Schnell füllte ich meine Flasche erneut und versuchte,
möglichst zügig den richtigen Weg zu finden, denn die
russischen Jäger und Schlachtflugzeuge beherrschten den
Luftraum über dem Kessel von Witebst. Als der Abend
hereinbrach, erreichte ich mit schmerzenden und wunden
Füßen ein kleines Dorf, das in einem Tal lag. Vorsichtig
und angespannt durchquerte ich die engen Straßen, in der
ständigen Angst, russische Soldaten könnten auftauchen.
Doch plötzlich stand ich mitten auf dem Marktplatz, wo
sich bereits eine große Gruppe deutscher Soldaten
versammelt hatte. Erleichtert darüber, einige Kameraden
zu sehen, mischte ich mich unter sie. Doch es kamen
immer mehr Soldaten, viele davon verwundet. Nachdem
wir uns mit Brunnenwasser erfrischt hatten, trat ein
Oberleutnant der Infanterie auf den Marktplatz und

Machte uns auf die aussichtslose Lage aufmerksam, in der wir uns befanden. Er erklärte, wer mit ihm versuchen wolle, die russische Einkesselung zu durchbrechen, solle vortreten. Wir sahen uns alle an und waren uns einig. Fast alle Soldaten traten einen Schritt nach vorne. Nur die schwer verletzten Kameraden blieben zurück und wurden ins nahegelegene Lazarett gebracht. Der Oberleutnant wollte einen letzten Versuch unternehmen, um auf engstem Raum der völligen Vernichtung zu entkommen. Die restliche Munition wurde gleichmäßig verteilt, und die Lagebesprechung begann. Wir meldeten uns alle freiwillig – eine andere Wahl hatten wir nicht. In kleinen Trupps machten wir uns in die dunkle Nacht auf. Der Offizier befahl Schützenreihe, und wir pirschten uns langsam an die russische Linie heran. Die Leuchtraketen, die ständig von den Russen abgefeuert wurden, mahnten uns zur äußersten Vorsicht. Wir robbten bis auf etwa 30 Meter an die feindliche Linie heran, ohne bemerkt zu werden, und warteten gespannt auf das Kommando unserer Offiziere. Dann ging die verabredete rote Leuchtrakete des Offiziers hoch – das Zeichen zum Angriff. Wir schossen mit allem, was wir hatten, auf die feindliche Linie. Mit Handgranaten, Sprengladungen und Gewehrfeuer, begleitet von Hurrarufen, stürmten wir nach vorne.

Doch plötzlich setzte auf der gesamten russischen Linie
ein mörderisches Maschinengewehrfeuer ein. Unsere
Hoffnung, aus dem Kessel auszubrechen, zerschlug sich
vor und hinter den Schützengräben der Russen. Ein
Geschoss schoss knapp an meinem Kopf vorbei und
durchlöcherte, wie ich später feststellte, meine Mütze. Ein
Stahlhelm war mir längst verloren gegangen. Instinktiv
warf ich mich in eine Mulde am Wegesrand, was mich
vor dem fast sicheren Tod bewahrte. Neben mir lagen
mehrere tote Kameraden, rechts von mir lag ein Kamerad;
rechts von mir ein Soldat mit abgerissenen Beinen, links
einer, dessen Kopf von einem Granatsplitter getroffen
worden war. Der Anblick des ausgetretenen Gehirns
neben ihm trieb mir die Übelkeit hoch, und ich musste
mich übergeben. Tränen stiegen in meine Augen. Ich hatte
Angst. Mein ganzer Körper zitterte, und Schweißperlen
liefen mir die Stirn herunter. Der russische Beschluss ließ
nach etwa einer Stunde nach. Es wurde Mitternacht, wie
ich auf meiner Uhr im schwachen Licht der Leuchtraketen
ablesen konnte. Ich lag zunächst sicher in meiner Mulde,
geschützt vor dem Maschinengewehrfeuer. Der Morgen
graute, und ich sah, wie russische Soldaten das
Schlachtfeld durchkämmten, um nach Verwundeten zu
suchen. Um 01:30 Uhr am Morgen des 11 Juni 1944
besiegelte sich mein Schicksal.

Als es immer heller wurde und die Russen die
Verwundeten und Toten von beiden Seiten wegbrachten,
hörte ich noch immer die gellenden Schreie unserer
Schwerverwundeten. Doch bald verstummten diese
Schreie, begleitet von kurzen Maschinenpistolensalven –
ein grausiges Zeichen, dass sie gnadenlos erschossen
wurden. Ich hatte Angst. Auch mir drohte dieser Tod.
In meiner Mulde versteckt, versuchte ich mich tot zu
stellen, mein Herz schlug so laut, dass ich befürchtete,
die Russen könnten es hören. Plötzlich tauchten zwei
mongolische Soldaten auf und standen über mir.
Sie feuerten eine Maschinenpistolensalve ab. Ich roch den
Pulverdampf und glaubte, getroffen worden zu sein, doch
ich spürte keine Schmerzen. Als die beiden Soldaten
fortgingen, wagte ich es, mich vorsichtig zu bewegen.
Zu meinem Erstaunen stellte ich fest, dass ich noch lebte.
An meiner Uniformjacke entdeckte ich Einschusslöcher,
doch mein Arm war unverletzt – die Jacke war mir zu
groß, was mein Glück gewesen war. Ich verharrte weiter
reglos, als ich plötzlich spürte, wie kräftige Hände meine
Schultern packten. Ein russischer Soldat drehte mich um
und durchsuchte mich. Durch meine halb geschlossenen
Augen beobachtete ich, wie er jede meiner Taschen
durchwühlte, auch weil er mich aufgrund des Fernglases
für einen Offizier hielt.

Als er jedoch meine Rangabzeichen als Gefreiter der
Luftwaffe entdeckte, die den SS-Zeichen ähnelten, war es
um mich geschehen. Wie ein heftiger Blitz durchzuckte es
in meinem Gehirn. Ich sah die Gesichter meiner Eltern,
meiner Frau und den Kindern ich durfte nicht Atem, ich
konnte mich auch nicht bewegen, mein Körper war starr
wie Stahl. Der Soldat hörte mein Herz schlagen und
wusste, dass ich lebte. Es war meine letzte Chance: Als
ich aufsprang, packten die beiden Russen mich und
schlugen mit Kolben auf mich ein. Unter lautem Geschrei
und Flüchen trieben sie mich über die russischen Linien,
immer weiter von meiner Truppe und meinem alten
Leben entfernt. Immer noch Herr meiner Sinne sah ich
überall die Gefallenen um mich herumliegen – Deutsche
und Russen, gleichermaßen. Der Anblick war grauenvoll.
Nach etwa 200 Metern rief ein russischer Offizier etwas
auf Russisch, und sofort hörten die Soldaten auf, mich
weiter zu misshandeln. Der Offizier, vermutlich ein
Politkommissar, stand direkt vor mir. Noch bevor ich
richtig realisieren konnte, was geschah, spürte ich, wie
mich Schläge von Gewehrkolben und heftige Tritte trafen.

Dann, von Steinwürfen gepeinigt und blutüberströmt,
sank ich ohnmächtig vor seinen Füßen nieder. Ich spürte,
wie mich eine Hand sanft berührte und langsam
wiederaufrichtete. Der Offizier drängte die russischen
Soldaten mit vorgehaltener Waffe zurück, die hinter mir
standen und offenbar nicht ablassen wollten. Zu meiner
Überraschung reichte er mir ein Glas, gefüllt mit Wodka,
und bat mich, zu trinken, damit ich wieder zu
Bewusstsein kam. Anschließend führte er mich in ein
anderes Gebäude und bot mir einen Stuhl an. Er sprach
Deutsch – überraschend fließend – und fragte mich nach
meiner Herkunft. Jetzt war mir endgültig klar, dass er ein
Politkommissar war. Ich antwortete ihm, dass ich aus der
4. Luftwaffen - Felddivision stammte. Noch einige Fragen
musste ich beantworten, bevor ein anderer russischer
Soldat mich in ein weiteres Gebäude führte. Zu meiner
Überraschung fand ich dort noch mehr deutsche Soldaten,
aus den verschiedensten Einheiten. Viele meiner
Kameraden waren schwer verletzt. Ich erfuhr, das die
Schlacht in der Nähe von Orscha stattgefunden hatte.
Meine Gedanken kreisten unaufhörlich darum, wie es
überhaupt so weit kommen konnte.

Wir hatten den irrsinnigen Befehl eines wahnsinnigen
Führers befolgt – kämpfen bis zur letzten Patrone. Diese
absurde Pflicht hatten wohl alle von uns erfüllt, aber
keiner hatte an die Konsequenz gedacht. Nun sahen wir
sie – schmerzlich. Die Kameraden, soweit sie konnten,
kümmerten sich um meine Wunden, die nässten und
bluteten. Sie reinigten und desinfizierten die
Verletzungen, die nicht nur durch die Kämpfe, sondern
auch durch Schläge, Bajonettstiche und Tritte entstanden
waren. Die schlimmste Wunde jedoch war der Hieb mit
einer Maschinenpistole auf mein Gesicht. Noch heute ist
die tiefe Narbe unter meinem rechten Auge sichtbar. Nach
der notdürftigen Versorgung ließ ich mich erschöpft auf
einen Strohbündel nieder. Doch die Schmerzen und die
ständige Aufregung hinderten mich daran, in den längst
verdienten Schlaf zu fallen. Die Nacht war immerhin
verhältnismäßig ruhig, nur ab und zu war in der Ferne
Geschrei zu hören. Am nächsten Morgen wählte man 25
Männer aus unserer Gruppe aus – diejenigen, die weniger
schwer verletzt waren. In Begleitung russischer Soldaten
wurden wir fortgebracht. Angst machte sich in uns breit,
denn niemand wusste, was uns erwartete.

Man brachte uns zu einem Lager, das während der deutschen Besatzung als Gefangenenlager für russische Soldaten gedient hatte. Wir kampierten unter freiem Himmel, und die Sonne brannte gnadenlos auf uns herab. Es gab weder etwas zu essen noch zu trinken. Der Durst wurde unerträglich, und es fühlte sich an, als würde der Tod uns langsam die Kehle zuschnüren. Am nächsten Tag, endlich, wurden wir zum Fluss Düna gebracht, um zu baden. Das Lager war bereits überfüllt mit Tausenden deutscher Soldaten. In Gruppen von jeweils 100 Mann durften wir zum Fluss. Die kühle Erfrischung im Wasser war eine Erleichterung, wenn auch nur für einen Moment. Doch bereits am folgenden Tag wurden wir aus dem Lager abtransportiert, ohne dass jemand wusste, wohin. Man trieb uns durch Feldern und Wäldern, die noch die Spuren der Schlacht zeigten. Überall roch es nach Verwesung – die Leichen von Menschen und Tieren lagen noch verstreut. Der Durst quälte uns, und an jeder Pfütze entstand ein Tumult, weil jeder zuerst das dreckige Wasser trinken wollte, selbst wenn es noch so übel roch und voller Schlamm war. Es war schwer zu ertragen, dies mit anzusehen, und doch gab es keine Alternative. Auch ich trank von dem schmutzigen Wasser, aber ich hatte einen Lappen, durch den ich das Wasser filterte.

Viele Kameraden, die ohne solche Vorsichtsmaßnahmen tranken, erkrankten. Einige bekamen schweren Durchfall und starben qualvoll an Entkräftung. Ja, sie verendeten elendig. Die Aussichtslosigkeit dieser Situation war kaum zu ertragen. Gegen Abend erreichten wir ein Dorf, das auf einem Hügel lag. Wir wurden in der Nähe zum Rasten gezwungen. Russische Soldaten, die dort stationiert waren, bemerkten uns. Mit Absicht streiften sie provokant an uns vorbei, ihre gierigen Blicke auf unsere Knobelbecher gerichtet. Diejenigen, die noch einen Becher besaßen, wurden mit Gewalt beraubt. Die russischen Soldaten lachten höhnisch und hatten sichtlich Freude daran, uns zu quälen.

Ich wusste, dass ich schnell handeln musste. Mit einem kleinen Taschenmesser, das ich noch bei mir trug, schnitt ich die Schäfte meiner Stiefel auf. Ich hatte gute, deutsche Offiziersstiefel, die noch in einwandfreiem Zustand waren. So hoffte ich, den russischen Soldaten zuvorzukommen, bevor sie auch mir meine Stiefel stahlen. Mit seiner Reitpeitsche schlug er wild um sich und streifte dabei mein linkes Ohr. Als er bemerkte, dass an beiden Stiefeln die Schäfte aufgeschnitten waren, geriet er vor Wut außer sich und schwang die Peitsche noch energischer. Im letzten Moment konnte ich meinen Kopf zur Seite drehen, um den Schlägen zu entgehen.

Die alten Schuhe, die ich von ihm erhalten hatte, waren mir viel zu klein und zu eng, sodass ich gezwungen war, barfuß weiterzulaufen. Glücklicherweise hatte ich mehrere Schichten Socken an, um meine Füße zu schützen. Um uns herum patrouillierten die russischen Bewachungssoldaten, und immer wieder fiel jemand von uns vor Erschöpfung in einen kurzen Schlaf. Doch das große Ungewisse verhinderte, dass man wirklich tief schlafen konnte. Bei Morgengrauen wurden wir regelmäßig aufgeschreckt und weitergetrieben – so ging es sechs Tage lang durch Wälder und Felder, ohne jegliche Verpflegung oder Wasser. Insgesamt trieb man uns etwa 250 Kilometer voran. Um meine blutenden Füße zu schonen, wickelte ich zusätzliche Lumpen um die Socken, da der Schotter der Straße meine Füße stark verletzte.

Schließlich erreichten wir die Stadt Witebsk. Dort wurden wir im Laufschritt durch die Straßen getrieben, quer durch die Stadt, während die Zivilbevölkerung uns mit Steinen bewarf. Jeder nutzte die Gelegenheit, um seine Wut an den deutschen Soldaten auszulassen. Ich wurde von schweren Steinen am ganzen Körper und am Kopf getroffen, und es war so schlimm, dass ich wünschte, für Volk und Vaterland auf dem Schlachtfeld gefallen zu sein.

In diesem Moment wurde mir noch deutlicher bewusst, welche Wut das russische Volk auf uns hatte. Aber wir konnten uns nicht wehren, wir waren der Gewalt der Menge hilflos ausgeliefert. Nach weiteren Strapazen wurden wir an einem kleinen Fluss zu einer Pause gezwungen. Dort rollten Lastwagen heran, und nach sieben Tagen ohne Nahrung erhielt jeder von uns ein Brot und einen gesalzenen Fisch. Etwas Grausameres konnte ich mir nicht vorstellen, denn jeder wusste, dass der Durst durch den Fisch unerträglich werden würde. Ob das Absicht war, konnte uns niemand beantworten, aber den Russen schien es egal zu sein. Am Fluss durften wir endlich trinken, so viel wir wollten. Viele tranken jedoch so viel, dass sie später daran starben. Das Elend war unvorstellbar. Wir nutzten die Gelegenheit, um uns und unsere Kleidung im Fluss zu waschen, bevor es wieder weiterging. Man hörte, dass unser Ziel die Stadt Smolensk sei, wo wir auf Eisenbahnwaggons verladen und nach Sibirien transportiert werden sollten. Der Gedanke an Sibirien war erschreckend, aber wir konnten nichts tun. Wir mussten uns mit der Realität abfinden. Am Abend des achten Tages erreichten wir schließlich den Bahnhof Smolensk, wo wir in Güterwaggons verladen wurden – jeweils 45 Mann in einem 16- oder 18-Tonnen-Waggon, dicht an dicht gepfercht.

Immer wieder mussten wir aus den Zügen aussteigen, um die Disziplin während der Fahrt und beim Empfang der Verpflegung zu wahren. Ein Dolmetscher wies uns darauf hin, dass wir im eigenen Interesse die Regeln befolgen sollten, doch die meisten waren zu erschöpft und gleichgültig, um darauf zu hören.

Zur Verpflegung bekamen wir Trockenbrot, rohe Hirse, schwarzen Tee und amerikanischen Speck. Warme Nahrung gab es nicht, und den Tee rauchten einige von uns mangels Alternativen. Nach zehn Tagen Fahrt erreichten wir am 14. Juli 1944 schließlich Moskau, die Hauptstadt der Sowjetunion. In einem langsamen Tempo wurden wir aus den Zügen getrieben und mussten uns in Reihen aufstellen, bewacht von berittenen russischen Gardisten und Militärpolizei. Überraschenderweise verhielten sich die Menschen diszipliniert. Sie bewarfen uns nicht mit Steinen, aber ich hörte immer wieder wütende Flüche gegen die deutschen Soldaten.
Ich war mir der politischen Lage nicht wirklich bewusst gewesen, aber spätestens jetzt wurde mir klar, dass Deutschland den mit Russland geschlossenen Nichtangriffspakt von 1939 gebrochen hatte. Dennoch wussten wir kaum etwas über die Politik, die uns in diese Lage gebracht hatte. Auf den Straßen standen Arm und Reich Seite an Seite und betrachteten uns – abgemagert und verwahrlost, wie Verbrecher.

Manchmal hatte ich das Gefühl, dass uns einige der Passanten bemitleideten. Es war befremdlich, sich in diesem Arbeiter- und Bauernstaat zurechtzufinden. Die Straßen waren in schlechtem Zustand, und an vielen Ecken lag der Müll. Die Stadt entsprach keineswegs meinen Vorstellungen – neben großen Hotels sah man verfallene Holzhäuser, von denen das Blech auf den Dächern im Wind flatterte. Es war ein seltsamer Anblick.

Nach einigen Stunden Marsch durch die Hauptstraßen gelangten wir schließlich auf ein großes Hippodrom aus der Zarenzeit.

Dort wurden wir in Hundertschaften aufgeteilt, zwischen denen etwa zehn Meter Abstand gehalten wurde, um die Bewachung zu erleichtern. Rund um das Hippodrom dampften die Feldküchen, und nach fast drei Wochen gab es endlich wieder warme Verpflegung. Doch niemand konnte sich darüber freuen, denn die Strapazen waren zu groß.

Die Notdurft musste in Gruppen verrichtet werden, da niemand die Absperrungen überschreiten durfte. Ein Wachposten regelte den Ablauf. Es war ein trostloser Anblick: Tausende Gefangene, wenige Nottoiletten, und viele litten an Ruhr und starkem Durchfall. Rings um das Hippodrom sah man immer wieder Kranke und Tote, die fortgebracht wurden. Der Tod forderte eine hohe Zahl an Opfern.

Das Essen, das uns in Konservendosen der
amerikanischen Firma Meyer verabreicht wurde,
verschlangen wir mit Heißhunger. Es bestand aus
Buchweizenmehl und etwas Brot. Die Sonne brannte
unerbittlich vom 14. bis 17. Juli 1944 auf uns herab, und
wir hatten keinen Schatten, im Gegensatz zu den
Offizieren und Zivilisten, die uns von der Tribüne aus
beobachteten. Unter ihnen waren auch Herr Grotewohl
und Herr Pieck vom Komitee "Freies Deutschland". Die
deutschen Kommunisten warteten bereits auf ihre
zukünftigen Posten und betrachteten uns mit Genugtuung.

Plötzlich erklang eine Frauenstimme über ein Mikrofon
und warnte uns in deutscher Sprache vor der Gefahr eines
Sonnenbrandes. Es wurden einige Parolen durchgegeben,
aber viel mehr erfuhren wir nicht. In der neben uns
liegenden Hundertschaft erkannte ich einen Kameraden
aus früheren Zeiten. Er freute sich, mich zu sehen,
und rief mir zu, dass fast alle Kameraden unseres
Regiments im Raum Orscha, im Kessel von Witebsk,
gefallen seien. Als ich mit ihm sprach, erinnerte ich mich,
dass er aus Tirol stammte. Er erzählte mir von seinen
Erlebnissen – eine beeindruckende Geschichte voller
Schmerz, Entbehrungen und innerer Stärke. Einmal, nach
Tagen ohne Schlaf, nach Tausenden von Liegestützen,
Strecksprüngen, Gewaltmärschen und unzähligen Stunden
im eiskalten Wasser, dachte er daran, aufzugeben.

Ein Sanitäter reichte ihm eine Tasse heißen Kakao und führte ihn zu einem warmen Krankenwagen. Es wäre so leicht gewesen, jetzt schwach zu werden. Es wäre menschlich gewesen. Aber für ihn kam das nicht infrage. "Nie wieder schwach sein", dachte er sich.

Er, der Sohn eines Lastwagenfahrers, aufgewachsen in den einfachsten Verhältnissen im ländlichen Georgia, lernte früh, was es bedeutet, Schmerzen zu ertragen. Sein Stiefvater schlug ihn regelmäßig mit einem Ledergürtel. Jede angebliche Verfehlung des Kindes – sei sie auch noch so gering – wurde gnadenlos bestraft. Howard funktionierte, wie es von ihm erwartet wurde. Er passte sich an, tat alles, um den ersten "Vorgesetzten" seines Lebens, seinen Stiefvater, zufrieden zu stellen. Denn tief in ihm wuchs der Wunsch, nie wieder schwach zu sein.

Doch Howard war kein einfacher Soldat. Als Scharfschütze sah er sich nicht als Killermaschine, sondern als hochtrainierter Krieger, der seine Feinde als Menschen wahrnahm und stets nur so viel Gewalt anwendete, wie die Situation erforderte.

Spezialeinheiten wie die seine agieren im Verborgenen. Sie schlagen oft unter dem Schutz der Dunkelheit zu und spielen in modernen Kriegen eine entscheidende Rolle. 3737wenn die Mission abgeschlossen ist – wenn überhaupt.

Diese Elitesoldaten sind der Stolz ihrer Armeen, doch ihre Operationen unterliegen strikter Geheimhaltung. Ihre Einsätze können Kriege entscheiden, aber die Namen der Beteiligten bleiben unbekannt. Oft sind sie nicht nur professionelle Kämpfer, sondern auch Geheimagenten und Ausbilder – vereint in einer Person. So wie Howard. Die Öffentlichkeit erfährt meistens nur dann von ihrem Einsatz, wenn etwas schiefgeht. So war es auch bei dem Abschuss eines Militärhubschraubers am vergangenen Wochenende, bei dem 25 Elitesoldaten, darunter auch der Sohn eines Ministers, ums Leben kamen.

Wasdin, ein Veteran, prahlt heute noch im breiten Südstaatenakzent damit, dass es für ihn kein Problem sei, einen Terroristen auf der Stelle zu erschießen. Mit dem richtigen Gewehr treffe er auch jetzt noch aus 900 Metern das Ziel exakt. Das Gespräch wurde jedoch abrupt unterbrochen, als ein Wachmann eingriff. Solche strikten Anordnungen erinnerten an die düsteren Zeiten des Krieges.

Am 18. Juli 1944 wurden wir erneut auf Eisenbahnwaggons verladen – diesmal war klar, dass unser Ziel Sibirien war. Etwa am 8. August 1944 erreichten wir die Stadt Nishni-Tagil, wo wir auf verschiedene Kriegsgefangenenlager verteilt wurden. Dort trafen wir auf viele deutsche Kriegsgefangene, die bereits früher in Gefangenschaft geraten waren, darunter auch viele Stalingradkämpfer.

Die Lager waren halb in die Erde gebaut, um der extremen Kälte im Winter zu trotzen. Sie schienen aus der Zeit der Zarenverbannungen zu stammen.

Nishni-Tagil, ein riesiges Industriezentrum, erinnerte in seiner Größe an das Ruhrgebiet. In den folgenden Jahren wurden wir häufig von einem Lager ins nächste verlegt. Der zehn Jahre währende Leidensweg im Ural begann. Nishni-Tagil liegt östlich des Urals, der natürlichen Grenze zwischen Europa und Asien. Wir befanden uns also tief in Asien. Ich war in mehreren Kriegsgefangenenlagern, unter anderem in Svetlogorsk, dem früheren Ekaterinenburg, dem Winterpalast der Zarin Katharina der Großen, sowie in Nishni-Issetzk und Istik, wo wir auf einer großen staatlichen Sowchose in der Landwirtschaft arbeiten mussten. Auch war ich in einem Lager am Sibirski Trakt, der Straße, die sich über etwa 10.000 Kilometer bis Wladiwostok erstreckte.

Im November 1954 kehrte ich schließlich aus der Gefangenschaft zu meiner Familie nach Mönchengladbach zurück. Die Jahre in Sibirien waren vorbei, aber die Narben blieben."

Der Führerbefehl am 22.06.1944 lautete:

An die eingeschlossenen Divisionen der Heeresgruppe Mitte von Witebsk: Ca. 35 000 Soldaten haben zu kämpfen für das Führervolk und Vaterland bis zur letzten Patrone.

Der Führer und Oberbefehlshaber der deutschen Wehrmacht:

Adolf Hitler

In Stalingrad fielen 170 000 deutsche Soldaten und 500000 russische Soldaten.

Im Unternehmen „Barbarossa „ = Russland-Feldzug kämpften mit den Verbündeten 3,2 Millionen Soldaten auf deutscher Seite, gegen Russland. Russland hatte 8 Millionen unter Waffen.

Im Kessel von Witebsk kämpfen 35000 Soldaten, 5000 überlebten, ich war auch dabei.

Der Autor möchte keine Biografie von sich geben,
sondern allen Menschen dieser Erde sagen:

Krieg ist niemals die Lösung.

Er hinterlässt nichts als Zerstörung, Hass und endloses
Leid. Die Tragödie des Krieges darf sich niemals
wiederholen. Egal, welche Unterschiede oder Konflikte es
zwischen Menschen gibt – der Weg des Krieges führt
immer in die Dunkelheit.

Meine Botschaft an die Welt ist klar:

Lasst uns aus der Vergangenheit lernen. Wir dürfen nie
wieder zulassen, dass solche Schrecken über die
Menschheit hereinbrechen. Krieg lohnt sich nie. Es gibt
nur eines, das zählt:

Der Frieden

Mit dieser Version werden nicht nur die Erlebnisse betont,
sondern auch die eindringliche Botschaft vermittelt, dass
Krieg nur Leid bringt und der Frieden das höchste Gut ist.